Dirección Editorial
Raquel López Varela

Coordinación Editorial
Ana María García Alonso

Maquetación
Susana Diez González

Diseño de cubierta
Francisco A. Morais

© del texto, Sergio Andricaín
© de la ilustración, Núria Feijoó
© EDITORIAL EVEREST, S. A
Carretera León-La Coruña, km. 5 - LEÓN
ISBN: 978-84-441-4631-7
Depósito Legal: LE. 1239-2011
Printed in Spain - Impreso en España

EDITORIAL EVERGRÁFICAS, S. L.
Carretera León-La Coruña, km. 5
LEÓN (España)
Atención al cliente: 902 123 400
www.everest.es

Para mi hermana Silvia, por la infancia feliz que compartimos.
Para Toni, por una amistad que nos permite seguir siendo niños.

Palabras para jugar

Lero, lero, candelero reúne rimas y versos que han acompañado los juegos de los niños de Hispanoamérica desde hace muchos años; en verdad siglos. No fueron creados por un autor, sino por muchas personas, que han ido enriqueciéndolos, en el transcurrir del tiempo, con nuevas palabras y estrofas. Tampoco fueron escritos sobre un papel. Alguna vez alguien los inventó, y se fueron trasmitiendo de boca en boca y generación tras generación, hasta llegar a una persona que, como yo, los recogió en un libro con el deseo de evitar que se perdieran o se olvidaran, y para que tú pudieras leerlos ahora.

Lero, lero, candelero ha sido hecho para que lo compartas con tus amigos. Reúnete con ellos y diviértanse con sus retahílas y sus coplas, traten de responder las adivinanzas, compitan para ver quién logra decir los trabalenguas rápido rápido y sin equivocarse… Disfruten de la música y el ritmo de las palabras; imaginen los colores, las formas y los sabores que nos evocan. La poesía de la tradición oral es un tesoro maravilloso que nunca se agota ni pierde valor.

Durante mi infancia, yo jugué con mi hermana Silvia y mis amigos usando muchos de estos versos. Y hasta creamos nuestras propias rimas y nuestros trabalenguas. Mi deseo es que tú puedas hacer lo mismo.

Sergio Andricaín

LERO, LERO, CANDELERO

Rimas, canciones y adivinanzas para niños

Sergio Andricaín

Ilustrado por Núria Feijoó

everest

–Palomita blanca,
reblanca, reblanca,
¿dónde está tu nido,
renido, renido?

–En un palo verde,
reverde, reverde,
todo florecido,
recido, recido.

AL DINDÓN DE LA DINA

RIMAS Y RETAHÍLAS

Al dindón de la dina, dina, danza.
Ay, qué ruido se oye en Francia.
Arrequeteplé, arrequechulé,
al dindón, que salga usted.

Pito Pito Colorito,
¿dónde vas
tan bonito?
A la acera verdadera.
¡Pin pon fuera!

Tin Marín
de dos pingüé
cúcara mácara
títere fue.

Pasó la mula,
pasó Miguel,
mira a ver
quién fue.

Tilingo tilingo,
mañana domingo
se casa la gata
de Juan Pirindingo.

¿Quién es la madrina?
Juana Catalina.
¿Quién es el padrino?
Juan el Barrigón.

El que hable primero
se traga un melón
del tamaño de la torre
de Juan Simón.

Aquel caracol
que va por el sol
en cada ramita
lleva una flor.

¡Que viva la gala,
que viva el amor!
¡Que viva la gracia
de aquel caracol!

Pobrecita guacamaya,
¡ay, qué lástima me da!
¡Ay, qué lástima me da!,
pobrecita guacamaya.

Se acabaron las pitayas,
y ahora sí, ¿qué comerá?
Pobrecita guacamaya,
¡ay, qué lástima me da!

–Papá, mamá,
Pepito me quiere dar.
–¿Por qué?
–No sé.
–Por algo debe de ser:
por un pepino,
por un tomate,
por una taza
de chocolate.

Mi gatito se me fue
por la calle de San José.
No lo ataje, don José,
que a la vuelta le daré
una taza de café
y un pan francés.

La manzana se pasea
de la sala al comedor.
No me pinches con cuchillo,
pínchame con tenedor.

–Tengo, tengo, tengo.
–Tú no tienes nada.
–Tengo tres ovejas
en una cabaña.

Una me da leche,
otra me da lana
y otra me mantiene
toda la semana.

Castaña verde,
piña madura,
dale de palos
a la olla dura.

No quiero oro
ni quiero plata,
yo lo que quiero
es romper piñata.

Alelé, alelé,
que me duele un pie.
Yo no sé de qué será,
si será de andar
que por las arenitas,
que por el arenal.
Que por las arenitas,
que por el arenal.

¿Qué ha sido del escaño?
La lumbre lo ha quemado.
¿Qué ha sido de la lumbre?
El agua la ha apagado.
¿Qué ha sido del agua?
Los toros la bebían.
¿Qué ha sido de los toros?
Al monte corrían.

¿Qué ha sido del monte?
Hojas daba.
¿Qué ha sido de las hojas?
Las cabras las comían.
¿Qué ha sido de las cabras?
Leche daban.
¿Qué ha sido de la leche?
La gente la tomaba.

En la ciudad de Pamplona hay una plaza,
en la plaza hay una esquina,
en la esquina hay una casa,
en la casa hay una pieza,
en la pieza hay una cama,
en la cama hay una estera,
en la estera hay una vara,
en la vara hay una lora.
La lora en la vara,
la vara en la estera,
la estera en la cama,
la cama en la pieza,
la pieza en la casa,
la casa en la esquina,
la esquina en la plaza,
la plaza en la ciudad de Pamplona.

La gallina Francolina
puso un huevo en la cocina.
Puso uno, puso dos,
puso tres, puso cuatro,
puso cinco, puso seis,
puso siete, puso ocho,
puso un pan de bizcocho.

Lero, lero, candelero,
aquí te espero,
comiendo huevo
con la cuchara
del cocinero.

Periquito el bandolero
se metió en un sombrero,
el sombrero era de paja,
se metió en una caja,
la caja era de cartón,
se metió en un cajón,
el cajón era de pino,
se metió en un pepino,
el pepino maduró
y Periquito escapó.

AL SALIR LA MONTAÑA

COPLAS

Por aquí pasó un conejo
con un bastón en la mano.
Iba estrenando un sombrero
a la boda de su hermano.

A la orilla de un arroyo,
bajo una mata de mango
estaban bailando un tango
una ternera y un pollo.

Parece un cuento, parece,
pero fantasía no es:
la vaca blanca da leche
y la prieta da el café.

Al salir de la montaña
una mosca me picó,
la agarré por las orejas
y la mosca se escapó.

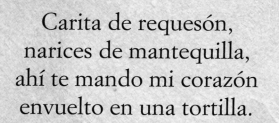

Carita de requesón,
narices de mantequilla,
ahí te mando mi corazón
envuelto en una tortilla.

¡Ay, ay, ay!, mi pajarito,
que vuelas de flor en flor,
llévale este papelito
a la dueña de mi amor.

Dos pajaritos sentados
en una flor:
uno se llama Beso
y el otro se llama Amor.

Las horas que tiene el día
las he repartido así:
nueve soñando contigo
y quince pensando en ti.

Debajo de un limonero,
me dio sueño y me dormí,
y me despertó un gallito
cantando quiquiriquí.

¿Que no quieres que te cuente
los deditos de los pies?
Uno, dos, tres, cuatro, cinco,
seis, siete, ocho, nueve, diez.

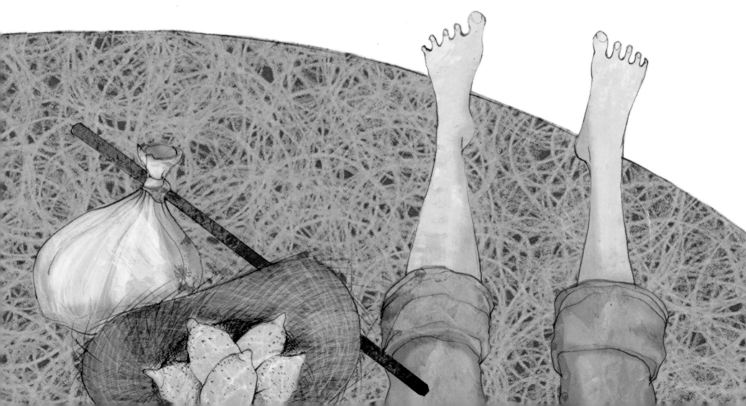

A la orilla de un río
sembré corales
a ver si se coloreaban
los arenales.

De los caballitos
que vienen y van
el que más me gusta
es este alazán.

Ola que viene,
ola que va,
¡hola, muchacho!,
¿cómo te va?

23

Viene saliendo la luna
rodeada de campanitas,
y las vienen repicando
cuatro muchachas bonitas.

Luna de todas las noches,
estrella al amanecer,
lo que cantan las sirenas
yo me lo quiero aprender.

CAJITA DE TUTURUMBÁ

TRABALENGUAS

Tengo una gallina pinta perlinta,
pelizanca, repitiblanca;
con sus pollitos pintos perlintos,
pelizancos, repitiblancos.
Si la gallina no fuera pinta perlinta,
pelizanca, repitiblanca;
los pollitos no serían pintos perlintos,
pelizancos, repitiblancos.

Toma esta cajita de tuturumbá,
toma y guárdala en un huequito,
que dentro hay un cachicamo
con cinco cachicamitos.

Había una caracatrepa
con tres caracatrepitos.
Cuando la caracatrepa trepa,
trepan los caracatrepitos.

El hipopótamo Hipo
está con hipo.
¿Quién le quita el hipo
al hipopótamo Hipo?

Doña Cuchíbrica
se cortó el débrico
con la tijérica
del zapatébrico.
El zapatébrico
se lo curó
con mantequíbrica
de la mejor.

Pablito clavó un clavito.
Un clavito clavó Pablito.

Pepe Peña
pela papa,
pica piña,
pita un pito,
pica piña,
pela papa,
Pepe Peña.

A Cuesta le cuesta
subir la cuesta,
y en medio de la cuesta
va y se acuesta.

En el juncal de Junqueira
juntaba juncos Julián.
Juntóse Juan a juntarlos
y juntos juntaron más.

Pancha plancha
con cuatro planchas.
¿Con cuántas planchas
Pancha plancha?

Perejil comí,
perejil cené,
y de tanto perejil
me emperejilé.

El cielo está enladrillado,
¿quién lo desenladrillará?
El desenladrillador que lo desenladrille
buen desenladrillador será.

Si cien sierras
aserran cien cipreses,
seiscientas sierras
aserran seiscientos cipreses.

Me han dicho
que has dicho un dicho,
un dicho que he dicho yo,
ese dicho que te han dicho
que yo he dicho
no lo he dicho;
y si yo lo hubiera dicho
estaría muy bien dicho
por haberlo dicho yo.

Lado, ledo, lido, lodo, ludo;
Decirlo al revés yo dudo.
Ludo, lodo, lido, ledo, lado,
¡qué trabajo me ha costado!

El que poca capa parda compra,
poca capa parda paga;
ya que poca capa parda compré,
poca capa parda pagué.

–Compadre, cómprame un coco.
–Compadre, no compro coco
porque como poco coco como,
poco coco compro.

al rico coco

¿QUÉ SERÁ? ¿QUÉ ES?

ADIVINANZAS

Un animal singular,
sin cabeza ni pescuezo;
por dentro tiene la carne
y por fuera tiene el hueso.

En lo alto vive,
en lo alto mora,
en lo alto teje
la tejedora.

Cargadas van,
cargadas vienen
y en el camino
no se detienen.

Único portero
y solo inquilino;
tu casa redonda
la llevas contigo.

Alto, altanero,
gran caballero,
gorro de grana,
capa dorada
y espuela de acero.

Una señora muy enseñorada,
con muchos remiendos
y sin una puntada.

Mi madre me hizo una casa
sin puertas y sin ventanas,
y cuando quiero salir
antes rompo la muralla.

Plata no es,
oro no es:
abre la cortina
y verás qué es.

Una campanita
blanca por dentro
y amarilla por fuera.
Si no lo adivinas,
piensa y espera.

En el monte hay un frasquito
verde y amarillito
que llueva o no llueva
siempre está llenito.

Tinaja verde,
agua colorada.

Primero fui blanca,
después verde fui;
cuando fui dorada,
¡ay, pobre de mí!

39

Una señorita
va por el mercado,
con su cola verde
y traje morado.

Bajo la tierra he nacido,
sin camisa me han dejado
y todo aquel que me ha herido,
por alegre que haya sido,
cuando me ha herido ha llorado.

Un señor gordito,
muy coloradito;
no toma café,
siempre toma té.

Ayer vinieron,
hoy no han salido,
vendrán mañana
con mucho ruido.

¿Qué cosa es
que silba sin boca,
corre sin pies,
te pega en la cara
y tú no la ves?

Alto alto como un pino,
pesa menos que un comino.

El fuego me tiene miedo,
las plantas me quieren bien,
limpio todo lo que toco,
me tomas si tienes sed.

Tengo copa,
no para beber;
tengo alas,
no para volar.

Ya ves, ya ves,
tan claro que es,
no la adivinas
ni de aquí a un mes.

Respondo al que me consulta
sin duda ni adulación,
y si mala cara pone
la misma le pongo yo.

Con dos brazos desiguales
que muevo muy lentamente,
ayudo a llegar temprano
a su trabajo a la gente.

Se abrió en el cielo una flor
sin que la hubieran sembrado,
con las hojas amarillas
y el corazón colorado.

En la calle me toman,
en la calle me echan;
en todas partes entro
y de todas me echan.

¿Qué será? ¿Qué es?
Mientras más grande,
menos se ve.

Por los caminos del cielo
se pasea una doncella,
vestida de blanco y plata,
más hermosa que una estrella.

Canastica de avellanas:
en el día se recogen,
en la noche se desparraman.

Una paloma blanca
de las nubes bajó,
con sus alas doradas
y en el pico una flor;
de la flor, una lima,
de la lima, una flor.

Comprueba si has acertado

Página 36: el cangrejo, la araña, las hormigas y el caracol.

Página 37: el gallo, la gallina y el pollito.

Página 38: el plátano y la pera.

Página 39: el limón, la sandía y la naranja.

Página 40: la berenjena y la cebolla.

Página 41: el tomate.

Página 42: las olas y el viento.

Página 43: el humo y el agua.

Página 44: el sombrero, las llaves, el espejo y el reloj.

Página 45: el sol y el polvo.

Página 47: la oscuridad, la luna y las estrellas.

Sergio Andricaín

Nací en La Habana, capital de Cuba, y estudié Sociología en la Universidad de La Habana. Después trabajé como demógrafo, publicista, investigador cultural y editor de libros y revistas. He vivido en Costa Rica y Colombia, y desde 1999 resido en Estados Unidos. Mi acercamiento inicial a la literatura infantil fue como crítico e investigador, hasta que un buen día me animé a publicar mis propios libros. Varios de ellos están dedicados al rescate de la tradición oral hispanoamericana, como «El libro de Antón Pirulero», «Adivínalo si puedes», «Hace muchísimo tiempo» y «La caja de las coplas». También he publicado las antologías de poesía para niños y jóvenes «Isla de versos», «¡Hola!, que me lleva la ola» y «Arco iris de poesía». Y, por último, obras de ficción como «Un zoológico en casa», «Libro secreto de los duendes» y «El planeta de los papás-bebé». Me encanta leer, nadar, ver películas y el helado de guayaba.

Núria Feijoó Antolín

Nací en Barcelona en 1973. Entre el 2006 y el 2009 cursé estudios de Ilustración en la Escola de la Dona Francesca Bonnemaison, en Barcelona. He participado en diversas exposiciones colectivas y en el proyecto «Humanicemos los Hospitales», a cargo de Ignasi Blanch i la Asociación de niños y jóvenes afectados por enfermedades del corazón (AACIC). Actualmente compagino mi trabajo de ilustradora con el de arquitecta. He ilustrado muchos libros, entre ellos «Contalles i rialles d'arreu del món» de Alegria Julià y «Ratolí a la selva tropical» de Carles Cano, publicado por Edicions Cadí.